歌集

水と光

小田部雅子

六花書林

水と光　＊　目次

I

II

装幀　真田幸治

水と光

I

二〇〇一〜二〇〇六年（茨城時代）

梯子

春ひなか屋根でペンキを塗る人よ空に属する男こひしき

どの家も軒下に梯子横たはり薪が積まれてありしふるさと

垂直が水平になるやすらぎのさびしかりけり人も梯子も

下草はしづかに刈られ体温をもたざるものの清き香りす

犬飼へば犬の死にあひ猫飼へば猫の死にあひ　米を研ぐなり

水にふれ湯にふれ菜にふれ魚にふれわれは五感を日々解き放つ

空を飛ぶ夢をいつしかみなくなり無音無臭の濃闇にねむる

猫も人も階を下りて飲食《おんじき》の湯気の白さに朝うごき出す

筆圧

筆圧の強きが痛し召集を受けしを告ぐる赤鉛筆の文字

「ひきよせて寄り添ふごとく刺《さ》しし」手に寄りかかるヒト一体のおもさ

戦場の兵の頼みしものは何　たとへば米の飯、たとへば白秋

「さうよねえ…」「さうかさうか」で進みゆく小津映画しんと生活のうた

黒ずみて研ぎ皮下がりゐたりけり夏西日さす富田理髪舗

隠岐

客五人に満たないと船は出ないと言ふ　五人目を待つ波止の日盛り

後鳥羽院行在所跡　夏の陽が照りて蟬が啼き首に汗がわく

吹く風に降れど積もらぬ雪のさま見るべきものを見たる院の眼

夜の怒濤ひびきて隠岐の帝王はひとりごころを研ぎ澄ませしか

アラブ

高層ビルに突つこむ角度の正確さぞつとしてのち粛然とせり

信仰に消えたる二十余のいのち　用意なきまま六千のいのち

パールハーバー以後のあなたはいつだつて本土攻撃する側だつた
アラブのこと識りたきわれにどの局もビル崩壊のシーンばかり見す

りんご

元日の村のやしろにまた会ひぬ去年よりさらに老いたる夫婦

鉄鍋に揚げ餅の花咲きつぎて夜の雨いまだ雪にならざる

病む猫をおいて勤めにゆく道にふとわかる　悲しみが恋に似ること

腎臓も肝臓もすでにおとろへて猫の手足のしんと冷たき

連れかへる籠の中からにやんと一つ聞こえた、あれが最期だつたか

あぢさゐの根方をふかくふかく掘るわれらの猫を地にかへすため

笑はぬ子泣かぬ子増えてあきつしまやまとの国に雪ふりつもる

イヴが囓り白雪姫も囓りたる林檎その後もひたすらりんご

飛行機雲片ながれしてあのあたり春来てをらむ新治《にひはり》のそら

シャーペン

赴任地の一週あつといふ間に過ぎ白い大きな石鹼をおろす

教室の天井に足跡あることの謎の幾日をすぎて親しも

「先生は白いチョークで書いたけど、赤も黄色も使って書いてね」

シャープペンシルではなくてシャーペンと地味な生徒に正されゐたり

ヘアカラーサンプル六番まではよし全校一斉頭髪検査す

校庭にめんどりのごとうづくまり日をあびてをり昨日の如雨露

黙々とはたらく人と悠々となまける人とありこの職場

大人らを信用できぬ子供らが多くてやさしすぎる教師ら

少年の叩くドラムの切れのよさやがて大工とならんその腕

ねぢ花

見るものと見らるるもののほかになし牡丹花さけぶごとく散りたり

留学生丁果

杜甫「絶句」の朗読テープわれに残し〈天安門〉以後消えし丁果《ティングゥオ》

すずかけの葉裏かへして風わたる　犯されやすき日本国憲法

生真面目に九条のこと語るには二〇〇二年の初夏暑すぎる

大きなるいぢめつこひとりよく見ればいぢめられつこの顔をしてゐる

元気なこと明るいことが無条件に善なりし良き時代は過ぎつ

標本の瓶に奇形児見たるときききゅんと痛んだ子宮なりしか

科学者がきはめた科学、技術者がみがいた技術、資本家のもの

ねぢ花のねぢれもどしてみたけれどやはりもどらぬねぢ花のねぢれ

母たち

百姓か神か幽鬼かみだれ打つ越中輪島の夜の和太鼓

拍手にも面をはづさず手を振らず御陣乗太鼓《ごぢんじょだいこ》の男ら去りぬ

羽ばたきをちよいとはづせば落ちさうな　かもめの白きおもたげな腹

生きすぎてしまつたと嘆く母の手は覚えてゐるか鋤や鍬や鎌

外界に出でざる一生《ひとよ》蓑虫の雌と明治のころの母たち

ふつくらとみごもるひととすれちがひ移り香のごとさみしさは来つ

おそるべし　紫の上に最後まで子を与へざりし紫式部

〈女は港〉などといい気な男たち〈女の港〉はどこにあるのよ

遮断機に断たれて待てば欲しきものすべて向かうにありとも思ふ

かはいくないい泣かないいをんな五十年生きてしまつて夕陽があかい

そよがぬ闇

一昨日まで校長でありし人の死が連絡事項の三番目なる

人の死を告げられて十秒たたざるに職員室は日常の音

空はれず雨ふらず五月なかばすぎ影うしなひて地をあゆむ鳩

日常をふみはづしたる感情のトイレの壁につかまりて泣く

夕映えに雨後の水滴かがやきてわれにありえたかもしれぬ生

真夜さめて庭にいづれば草木のそよがぬ闇よ、とかげ棲む闇

冷蔵庫に十個の林檎あることが眠れぬ夜のわれをなぐさむ

今朝もまたわれを励ます　ホーケッキョ、ケッキョ鶯まねて鳴く鳥

花あんず咲き揃ひたり身の臓がすべてあるべき場所にある今朝

最上川夜もくろぐろと波たててなにか用ある者のごと行く

寡黙なるせいねんが焼く串刺しの鮎ほっこりと骨もかうばし

見のかぎり蕎麦の白花つづきゐて馬の母子は立ちてねむれる

咲きそめし稲の花しべ濡らすほど庄内平野にほそきあめふる

台風の風なかを来て最上川ざぶりざぶりと夜の海に入る

白き陽——明治二十四年二月、衆議院議員田中正造「足尾銅山鉱毒の議につき質問書」を国会に提出。

五十一歳立ちあがりたり魚が死に鶏が死に稲みのらぬ秋に

解決とならぬ解決。なだめられ示談書に判を押す者あはれ

その前夜直訴状なほ推敲す。訂正印の四十の朱《あけ》

一村を鉱毒の湖《うみ》にしづめ果て一国は建てり明治晩年

しづかなるうねりをなして葦原に風吹く誰かささやくにあらず

青胡桃びつしりみのり影ふかし廃村役場跡の高台

天保二年の墓碑倒れゐる寺の跡　蟻のぼりゆく大木は桑

白き陽がじんじんと地を狂はする八月二日、正造甦る

一本の杖と聖書と憲法と石ころ三個ばかりが私物

炎熱のコンクリートに区切られて大貯水池が白き陽を返す

池の面

頸を伸べ陽にあたりゐる亀ありて池の面しづかなり秋真昼

小さきあたま水面に出して浮いてゐる亀が七、八、九、十あまり

水割って亀一斉に水に入るにんげんひとり歩みこしとき

祈るとは思ひをことばにすることか本堂の香《かう》かすかに流る

しづかだね白いひかりだ池の面にふっとよぎりて蜆蝶の影

舞ふやうにほほゑむやうに誘ふやうにムラサキシジミ萩むらに入る

きれぎれに聞こゆる僧の立ちばなし過去世の唄のごときやさしさ

すいめんはうごいてゐるのかゐないのか羽毛ひとひらはつか移動す

II

二〇〇七〜二〇一八年（島田転居以降）

やめる

つつぱしる体力落ちてほどほどにする術知らず教師を辞める

怒りやすき人にどんどんなつてゆき壊れさうなり学校辞める

わが裡《うち》の何かを棄ててまた棄ててまだ残る教職三十一年の垢

夕光に塵かがやきてただよへばさびしかりけり無人の教室

俺たちを捨てていくんだね先生は　さうだよ君らを捨てて生きるの

制服の衿にぽろつと涙垂れ、少女よ明日はわれを忘れん

大井川

橋といふだけでドラマは生まるるに蓬萊橋はまして木の橋

蓬萊橋人の暮らしの橋なれば肥料積みたるバイクも通る

さびしさは樹の形してゐたりけり夕風のなか川楊《かはやなぎ》立つ

休憩の若き工員も立ち上がる白鷺一羽飛び去りしとき

長き橋渡りてゆけば呼び交はす鴨よそんなに夜が怖いか

咲き闌けて花つぎつぎとうつむきぬ向日葵はみな後姿《うしろ》さびしき

向日葵の後ろすがたをながめゐるわれのうしろを風がとほれり

吐く息も吸ふ息も知るは自分だけ駿河の国の花野を行けり

やぶかうじびつしりつけて赤犬が工場の門をふらり出で来ぬ

小春日の川面のひかり頬にゆれしづかよ人も言葉もいらぬ

石ころの広き河原のあたたかさ旅の途中の鳥も降り来よ

木枯らしに冠毛吹かせ生意気な少年のやうなキンクロハジロ

君たちをとつて食つたりしないからキンクロハジロ岸に寄り来よ

近づけばピーロ、ピロロと鳴き交はし鴨の一族岸をはなるる

素潜りのうまいキンクロなかなかに潜れぬマガモ昼のポー鳴る

川ざらひ

関東は雪、送りこし画像には友のあしあと猫のあしあと

母に会ふために降り立つ渋谷駅ハチ公哀れでハチ公を見ず

美人ではないがヘッドフォンに挟まれてしあはせさうな顔のよろしさ

ころころと話題のかはる隣席の少女よ何から逃げてゐるのか

阿修羅像疲れてをらむ東京の百万の目に、後ろからの目に

ルアー店〈スイートフィッシュ〉にちかちかとあやしきものら光りだす春

さて今日は全市一斉川ざらひゴム長靴がぞろぞろ出で来

川ざらひ終へてつどへる男らの太き笑ひよ庭先の宴

笑はせて盛り上げてゐし人が立ち昼のうたげはすとんと閉ぢぬ

見ないふり聞かないふりをすこし覚え町の共同体に春逝く

蟬

身ぢからの満ちてじわじわ背を破り出できぬ蟬のあんずいろの身

上半身殻を出づれば一呼吸するごとし蟬の漆黒の目は

そりかへり殻を離れん蟬の腹に六本の脚ぎゆつと畳まる

もみくちやの緑ゆつくりひろがりてふたひら蟬の薄羽となりぬ

小雨ふるあした羽化せし熊蟬は生まれちまつて啼かねばならぬ

暑き夏をなほ暑くして熊蟬はラップ音楽のごとく啼きつぐ

どこにゐても蟬の声から逃げられぬ午後少年の嘘は生まれる

青春の余光のごときエレキギター磨いて夫はまた棚に置く

シュプレヒコール窓に聞こゆる四畳半下宿にこもり恋におちてた

あかつきの闇にねむれるかたはらの男の憂ひ知りゐて問はず

God Save The King

ひと夏を二階窓辺に起き伏して顔の右がは日灼けした母

車いす花畑に入り母の声ふいに高まる「バ～ラがさいた」

気をつかふところが母はちぐはぐで朝な夕なに姉を怒らす

〈二度童子《にどわらし》〉とよぶには勁《つよ》き母の自我しかられてまた聞かぬふりする

皇太子歓迎の小学生として母の歌ひし英国国歌。

もう止めと言ふまで母は何度でも歌へり「ゴッド・セーブ・ザ・キン」

まだ夜よと言へばさうかと寝にもどり母は日も夜も姉にしたがふ

ばかちやんになつてしまつた——呟きて母は見てをり手のうらおもて

無口にて頑固な裏の爺さまもデイ・ケアにゆき畑乾けり

綿の実のやうな婆さまと爺さまがだまつて耕しゐたりし畑

冬瓜が径にごろりと陽をあびてお前など知るかといふやうな顔

大きなる眼に見られしとたぢろげばあなハンサムな案山子が立てり

刈り終へしたんぼに出でて野球する家族のありて夕焼けのなか

何倍も大きな鴨を追ひたてて百舌が鳴きをり秋のゆふぐれ

アクロスティック96・さやのなかやま

――「棧橋」編集人より九十六首詠めとの下命あれば、新古今歌人三人の歌を頭にするゐて詠める九十六首。

大井川河原の石を詠へとて指令ひとひらポストにきたる

ほろほろと栴檀の実がこぼれおち鵯《ひよ》さわぎをり雲低き空

後ろから呼ばるることもあるやうになりて古風な町に住みつく

蓑虫がゆらりゆうらりゆれてゐる河原やなぎの向かうゆふやけ

のんべゑで食ひしん坊で出不精で立派なメタボ夫をいかにせん

射貫かれてどうと倒れし兵《つはもの》が見てゐたやうな今日の青空

そのむかしアベベのやうな少年が城跡の坂駆けてゐたりき

もず一羽尾振り首振り高鳴けりまろく小さき肉食の鳥

隣家《となりや》の犬がしきりに鳴く夜明けわが家の猫は床に入りくる

土間のある田舎家住まひあきらめて東海道線沿線に住む

六合はわが最寄り駅　空ひろく四方《よも》青々として地震《なゐ》ひそむ

庭土がなにか怪しき病得てくさぐさの葉がねぢくりかへる

よつぴいて調べて知りぬウイルスの入りし草木は焼きて棄つべし

末枯《すが》れたるひとむらの菊あたたかき朽ち葉色して香りのこれり

ルッコラもパセリも終はりわすられし土まきあげて西風が吹く

なんとなく人恋しくておとなりにふるさとの芋おすそわけする

みわたせばそらのきはまで織部いろ茶畑の冬ひろがる台地

綿の実の白き一むら庭先にほわほわやさし病む人の家

レモネード熱きを飲みて早寝せん肩のあたりがぞろりと寒い

天気予報ほどよくはづれ虹の脚さやのなかやまあたりより伸ぶ

空港の開港予定遅れたり杉がぐんぐん育ってしまつて

段取りをミスした知事さん「年内に伐ってください」と年末に言ふ

険悪なムードただよふ知事室が映りて、怒りこらふる地主

定期便飛びはじめたら取りあへずドムドム酒《しゆ》飲みにソウルにゆかん

サフランのつんつん長き尖り葉の黒くしげりぬ根づきたるらし

計画はゆきつもどりつして今は島田に墓も買はうかと言ふ

手まり唄どこに消えたかゆふぐれの路地のどこにも子供がゐない

町内の新年会の出欠表「特急回覧板」に乗ってゆく

留守の間に不在連絡票ありてすこし楽しく待つゆふまぐれ

からすの群れなにか不穏な動きしてわが町内のそらを行き来す

もよほしの好きな町にて冬花火とどろきはじける聖夜の河原

＊

鶏が鳴くあづまの国の常陸から太くて長きれんこん届く

しやきしやきと生でもイケる　れんこんは尖端の小さき一節《ひとふし》が美味

宅配の青年も顔なじみとなりねっとりあまき干し芋が来る

鳧鳴けり嘴太鳴けり枯れ色のひつぢ田のうへ師走夕映え

手書きメモ「よいお年を」と添へられて大根二本庭に転がる

満杯の鍋焦がしたり芋、人参、蓮根、椎茸みな炭となる

たら〜りと黒澄みとほる蜜のなか黒豆あまくあまく煮上がる

こがらしの吹き残したる柿の実が鉄器のごとしゆふあかねぞら

ゆびつきのソックスを添へ八十にならんははへのお土産つつむ

紅ズワイ鍋をはみだし年越しの宿の一室しづかなりけり

しんしんと鹿島灘より風吹きてカウントダウンの若者の声

年越しのテレビを消してめつむればははははの寝息のリズムよろしき

おほうみの波しづかなる鹿島灘金色の玉ころびいでたる

もろもろの不安は言はず朝明けの海にむかひてははは煙草吸ふ

ひとりひとりなにか願ひて鳥居まで長くつらなり先をいそがず

気圧配置西高東低　海光がはじけて定家かづらの緑葉

やぶかうじびつしり生ふる境内の裏の坂道なにか潜めり

祈りはね言葉にすれば叶ふよと記憶の底で亡き父が言ふ

のんびりと昼の渚を歩み来てイルカのショーに拍手してをり

ちひさき尾ぴりんと跳ねて三ヶ月卵殻のなか鮫の子育つ

なにごともふしぎにあらず水槽に鮫も鰯も共に棲みをり

りんりんと銀のからだをひらめかせ鰯の群れは千変万化す

形体をとどめぬほどに朽ち果てて漁船かしげり那珂川の岸

リヤカーがまだはたらいてゐるらしき元漁師町大通り米店

さかばやしややいびつにて酒造店〈月の井〉元日休業の札

やまどりの尾の長き段のぼりつめふりかへる海　銀のかがやき

のつそりと大きな犬が立ち上がり元日の陽が西にかたむく

納豆は水戸の名物にほふけど藁苞さげて帰りゆかんか

かへり支度は手際よくせよゆらゆらとははの淋しさ誘はぬうちに

やはらかき日差しに小さなるみどり　ははの小松菜、小葱、ゐんどう

また来るとアクセル踏めばはははもうバックミラーにゐず　また来るよ

*

水の色すこしことなる二流れ蓬萊橋をくぐりゆく見ゆ

わびすけのほのあかき花ほろり落ち郵便配達夫のバイク去る

発つ鳥の脚の尖《さき》より水滴のきらりこぼれて今日の日昏《く》るる

背の高き老人と胴長き犬枯れ葦原に入りゆきしまま

ばらばらに錆びて壊れし自転車がぬすびとはぎの枯れ藪の中

初稽古二竿の二胡ひびきあひ黄河のおもて吹く風の音

なめらかにつなぎつながる血脈のどこかで切れて消ゆる糸あり

もう一度だめ押しに引くおみくじの「今年もよし」と笑ふその文字

もどる気はあらぬか仕事辞めしこと悔いてないかと問ふ人がゐる

みどり濃き水仙の芽があちこちに伸びはじめ石のかげにも伸びる

地雷まだ地球に一億あるといふ千年かけても棄てきれぬ数

悶着は熾火のごとくまた起こり女が子供がころさるる町

なにをしても誰が行きても戦争は停まらぬだらう雁のゆく空

書きかけの寒中見舞ひ書きなづむ　職を切られし人へ何言ふ

利にはしり弱肉強食肯ひて人をぼろぼろにしてきた者らよ

「けいやく」も「はけん」も辞書は知らざらん痛くて辛《つら》き語とならんとは

リズムよき木畑晴哉のピアノ曲ききつつ夫はよく働けり

嘘つくなら一生つきとほしなさいと母言ひにけり父言はざりき

蠟梅《らふばい》の黄のはなびらそよりともせず朝明けの寒風に立つ

野の家の冬のにぎはひ　軒先にびつしりならぶ干し柿の朱

年たけていつか独りの春の庭うめ、もも、あんず、みかん咲きゐん

まんなかに草生えてゐる細道がわが消ゆるなきふるさとの芯

焼きすてし父の写真の一枚の、馬を走らす青年将校

残りゐる母との時間いくばくか飛行機雲が片流れせり

飽きやすきわが性《さが》なるに三十年続きたりけり教師と妻と

気がつけばすでに日焼けのシミ見えて開き直るにまだすこしある

野そだちのわれのけものが動きだし石ころの川裾ぬらし行く

ユトリロの女のやうな腰のひと猫に紐つけあゆむ川土手

冬枯れてしろくさびしき石ころの河原広くて舞ふ鳶の影

群青の夕闇がきて川端にまるくふくらむ鴨たちの群れ

連翹の蕾びつしり吹き出でてひがなよすがら春を待つなり

＊

かなしみはしんとしづかなゆふぐれの河原の石の陽のなごり熱

しんしんとからだ冷えつつ帰りきぬ明日は老耄の母に会ひにゆく

こんなにも河原の石はあたたかくこころの底にころがつてゐる

なまつてるら

市民農園耕作者募集にあつまりし一〇〇家族ゐて畑一〇〇枚

づぶづぶと長靴埋まり唐鍬をふりまはしふりまはされて耕す

駿河弁つかへぬわれは出身を問はれたり「あんた、なまってるら」

ツイ、ツーイ地表と空を飛びかはし用ありてゆく雨中のつばめ

午後の陽にぬれたるやうなむらさきの粋ななすびが見て見てと言ふ

まんまるのふとっちょ茄子の厚輪切り甘味噌のせて焦げるまで焼く

ぬきたてを枝ごと茹でて塩ふれば湯気の香あまきわがだだちゃ豆

輪切りなるフライド・トマト青トマトその酸味よし歯ごたへもよし

市民農園Gの7区をはみだして南瓜のつるは言ふことをきかず

カシューナッツ

脳《なづき》はやがらんだうなるかあさんはカシューナッツの形でねむる

怒りやすき時を過ぎきてしづかなる時に入りたり母の人生

祇王寺のほとりにありし柿の木の虫食ひの葉もいろづくころか

欠けのある茶碗なれども欠けのある茶碗の味もありて使へり

漂流のはなしいづれも逞しく生き残らざりし者はかたらず

のんびりと生きればいいと言ひながらのんびりできぬ男と暮らす

ほんたうは夫をわからずわからぬまま毛布でくるむやうにあいする

みづかひかりか

関東は雪か　ちひさき古家の畳はつめたからんよははに

トラクター来て粗起こしはじまるや鳩が降りくる鳧が降りくる

ゆふばえの冬田に降りて皛立てりころびさうなる腰高のとり

軽トラック門に停まりて人あらず三世代なる干し物が揺れ

漁師町の路地の奥まで陽はさしてブロック塀に網干されゐる

洟垂れの猫も皮膚病む老い猫も素直に寄りくく港の猫は

加工場の看板が町に連なりて「鰹節」「佃煮」「蒲鉾」「ツナ缶」

南アルプスひかり茶畑だまりこむ　牧ノ原台地二月寒風

冬の川しゅるる、しゅるるとながれをり流れゐるのはみづかひかりか

あの日から

震度6茨城のははへ　昼、夕、夜、真夜、明け、朝も電話通じず

乱高下する株式のグラフあり気高さにもつとも遠きものとして

ひと月の新聞紙くくる時に見えその記事は書く「死者１３３」

停電も余震もなきにあの日からざらついてをり夫婦の会話

「瓦礫」とは呼ぶなよ日々の起き伏しの体と心依りたるモノを

小学生われら歌ひし県民歌「世紀を拓く原子の火」はや

原発の危険知らずに育ちしよ東海村に近き町にて

浜岡原発二〇キロ圏。移りきてつひの住処と決めたる町は

ほこるべき五十四帖、おそるべき五十四基をもつわが日本

二〇キロ圏内の人、犬や猫、牛、馬、鶏がまなうらを飛ぶ

かへりきて巣作りの軒みつからず燕とびゐん被災地の空

夏みかん

さくらふくらむ常陸を出でてさくらちる駿河に着きぬ小さなははは

診察台に初めて見たるははの身のうらもおもても濃き手術痕

百合が好き桔梗が好きなははと知れりお金が好きと思ひてゐしに

さみしいか故郷はなれて来しははのおしやべりおしやべり止むことがなし

忍耐もすこし覚悟し朝な夕な〈スープの冷めない距離〉のはは訪ふ

すっぱくてあまくてつんと冷たくてすてきな女の味、夏みかん

夏みかんシトラスの香の湯に入りて加齢疲労の肌よろこばす

人の非をはげしく叩く世にとほく夏みかんの皮あまく煮てをり

夫の目をぬすんで逢ひにゆくごとく時をぬすんでトマト見にゆく

掘りたての葉生姜の香よ味噌の香よ夏の夕べをうつくしくする

わが西瓜ころんころんと日々太る泥棒さんを待つ顔をして

涙より汗はしよつぱい　乾きたる畑に鍬をふるふ八月

島

原発がなくても越せた二〇一二年夏、 マスコミはそれを言はない

しらぬひつくしの小雨水城《みづき》から都府楼址へ肩ぬれてゆく

回廊の礎石の凹にあめがふるＰＭ２・５をふくむあめ

九州の物みな集ふ大宰府は足りてゐにけん旅人《たびと》の酒も

俳優のソン・イルグクが正義と言ひ独島＝竹島に向かって泳ぐ

誰のものでもなかつた地球どの島も誰のものでもなかつた、元は

歌つくるために開けたるパソコンが秋のタルトを買つてしまひぬ

里芋がころりころころころ土を出づ球体は濃きいのちのかたち

ひえびえと秋の小雨のふるなかにとてもまぬけなさくら花咲く

新聞が日々はこびくる憂鬱がわが家に過食、過酒をもたらす

原発を売るにんげんの舌が言ふ〈美しい日本〉だれが信ずる

首都圏を圧してふりし大雪が富士にもふりて富士ふつくらす

らつきようの瓶に液体すきとほり雪降らぬ町の物置に冷ゆ

胴回り八十センチの白菜が採られまいとてわれを転ばす

作物は嘘をつかない　大根の葉がわっさりと畝をうづめる

紳士用下着きちんと窓に干しそこに住むひとフクシマの人

桟橋三十年——コスモス内同人誌「桟橋」は二〇一四年、一二〇号をもって終刊。
批評会はいつも一ツ橋の日本教育会館だった。

三省堂前の栃の木そのあかき花をおもひて花を見ざりき

蛮カラの下駄の音する昭和去り　靖国通り車行き交ふ

しづかなる言葉はやがて山椒の辛口批評を越えて激辛

さんま焼くけむりが似合ひさうな路地覗くなどして向かひし二次会

二〇〇〇年五月十四日夜、二次会への道で小渕首相逝去を知った。

東京の夜ぞらは深く黒かりき宰相逝きてヘリの飛ぶとき

消しゴムを拾ふとかがむ歌びとの背なかのカーブほのかに寂し

二月の批評会はいつも東京マラソン開催日だった。

街上をうづめて走る群衆はマラソンの人　デモにあらざる

歌詠みて蜜のやうなる三十年過ぎしと思ひ「桟橋」を惜しむ

ホントの心

列島を寒気がおほふ風の夜半ゆつくりそそぐ飛騨のどぶろく

オリーブ油うつすら唇《くち》にぬりつけて風邪ひきおんながははを看にゆく

いつ来てもテレビ点きゐていつ来てもそれを見てない　老いの一人居

転んだまま廊下にわれを待つてゐたその日からもう歩かずはははは

このままの暮らしがいいとははは言ふわれにお尻を洗はれながら

お芝居をしてゐる気分で介護するホントの心はあつちに置いて

新婚の家に来たりて子のヨメにお金を借りてゆきしちゝはゝ

〈優しい人〉だつた私が〈やな人〉になりゆく介護の日々のぐちやぐちや

国会前

あのころはのんぽり学生だつた友　国会前でけふ叫びをり

T局は報じN局は報じない国会前広場連日のデモ

汗あへて地下鉄にゐる人らみなデモ参加者と見えたり今宵

首相答弁どこか似てをり高三の一問一答受験問題集

イラク戦争の頃の授業に少年は言ひたりき徴兵があればいいのに

教育への介入、そして十八歳選挙権、そして武器を持たせる

〈一票の格差是正〉にひそみゐん地方切り捨てといふ重い鉈

読点にふしぎなちからこめて読む八月六日の朝の宰相

ゲンパツの是非論いづこ　浜岡の避難計画細部にわたる

想定避難者九十六万〈避難〉とは日々の暮らしを捨てさせること

こんなにも豊かな陽ざし無駄にして危険発電列島はあり

いのち

目を拭いてくれと言はれて拭きしのち四時間ほどのいのちなりけり

その胸にすがりて泣ける者の無きはゝはの最期よ　三日月が冴ゆ

はゝの死を知らす電話に通夜はいつ葬儀はどこでそれのみ訊かる

離縁されて覚えし煙草ぼろぼろな肺となりつつなほ欲りしはゝは

ほつとする気持ちが先ではゝの死をどう悲しめばいいのか分からず

まだ落ちぬ樹上のもみぢはや落ちし地上のもみぢ雨に呼びあふ

くれなゐのもみぢ濡れゐる雨のみちだまってあるくやさしきひとびと

モルヒネに頼りつつ兄は病床で〈ちょい悪親父〉の髭たもちをり

ガキ大将、隠れ番長、応援団長、やがて社長となりしわが兄

恋人を奪ひし友を殴りゐる十九の兄を見た、夏の海

痩せこけし兄は吾夫《あづま》の太き腹に腕をまはしてその太さ祝ぐ

電話ありて兄へと急ぐ夜の〈ひかり〉時間の底をしんしんと行く

バブル崩壊、リーマン危機を踏ん張った兄よ昔のガキ大将よ

鳩

ひよいと乗りぱつと飛びのき山鳩の夫婦おのおの羽づくろひせり

雨覆ひ、大雨覆ひ、風切り羽、順にひろげて羽づくろひの鳩

羽づくろひ先に終へたる山鳩の夫がふつと妻をふりむく

鳩の夫ことこと寄りて妻の頸つつけば妻も夫をつつく

鳩夫婦むつみあひゐし枝の間に春の木星ひかりはじめぬ

八　月

カーテンの床にとどかぬ隙間から八月六日の朝日さしきぬ

千代田区のみどりに蟬が啼く朝すめらみことはお疲れである

この国の品位ささへて年古りてちひさなおぢいさんとなりたり

その身もてみづから出掛け人々に会ひて〈象徴〉の意味を満たしぬ

〈日本国憲法〉国民のだれよりも心で読みしはあなたかもしれぬ

老いること、意見を言ふこと許されぬ立場の人がありと今に識る

美容院で出会ふ女性誌〈セブン〉〈自身〉〈週刊〉いづれも首相批判す

始まるのは易しいけれど終はるのは難しいのだ、恋と戦争

税金を払ふ者、使途決める者、儲かる者ゐて飛ぶ戦闘機

〈抑止力の軍備〉は驕り　一出され二を出せば三を出されて無限

九月十九日　集団的自衛権成立一年。

ははいは逝きし日は獺祭忌さはさはれ戦後民主主義滅びたりし日

米国関与の憲法だからと言ふ人の〈改正案〉こそ米国に寄る

五〇〇円

「美人さん、美人さんだわね」と言はれはにかみわらふ一〇三歳は

少女期を母はひらひら行くらしい一〇三歳の破れたなづき

あかべこのやうにあたまはゆれながら時間のなかをただよふ母さん

白髪さらさら身は石鹸のにほひせりこの母護るいくつもの手

また来るね手を握るとき母さんの手ぢから、かつて百姓だつた手

枇杷の花ふんはり咲きて上品《じやうぼん》のあまさ匂へり初空《はつぞら》のした

あべ支持の不思議トランプ支持の怪　休耕田に春あらし吹く

一面は為政者の顔、朝刊を箸でつまんでうらがへしたり

ＰＫＯ要らないと言ふ小《ち》さき声スーダンの声を伝ふるブログ

ＰＫＯ行かせて次に軍隊を行かせて次は企業行かすや

途上国に道を造りに行くことはいづれは搾取するぞといふこと

こんなにもしつかり縫つてあるシャツが五〇〇円とは安すぎないか

駿河の春ら――春の七草隠し題

朝ごとに水かさ増せり鴨らみなつながりて浮く春の木屋川

春の風天魚《あまご》ヶ谷を吹きあげてあこぎや憂きや杉花粉飛ぶ

杉花粉運べ、　ラララと吹く風に目つむるほとけ野ざらし仏

自転車の久恵をばさん鈴鳴らし鈴しろがねに光るよ、　春ら〜

手ぢから

百姓の手ぢからで握りかへしてた母の手ぢから、ほぐれて消えた

マスクして双眸美しき医師が言ふ「百歳を超えていらっしゃるから」

老衰はしあはせなる死　痩せやせて即身仏のごとくうつくし

南無枯蓮そよぐものみな脱ぎ捨てて　允子

そよぐものみな脱ぎすてて枯れ蓮のごとく細りて逝きたり母は

兄黙し姉泣きじやくり看てきたる乙の姉泣かず　それを見てゐる

死の際に母性かへりてわが頭撫でくれし手の骨はいづれぞ

五人産んで一〇四年生き母なりき　小壺に半ばまでのしらほね

秋川雅史聞けばほうけし母言ひき「ふるえるような恋がしたい」

いつか母われを叱りき「ティッシュペーパー取り出すみたいな歌はダメです」

治安維持法時代をくぐりし母死にて十日目〈共謀罪〉が成りたり

牛蒡茶

あるひとが「鈍器」と詠みし階段をのぼりくだりて夜の駅を出づ

最高裁裁判官をしらべたりバッテンつけなきやならぬ人ゐる

最高裁は〈時の内閣〉が裁判官選んだだけで最高ではない

百舌が鳴く空に分厚く雲たれて牛蒡茶の香がやさしい午後だ

ひもすがら寒風うけてぬるぬるをたっぷり溜めて葱甘くなる

黒大豆ほろほろ煮つつ読む歌集『エゾノギシギシ』土の香りす

こんなにも土と親しみむつみあひなほ歌が要る人のたましひ

貧しさを誇りに育ちこし日々よ馬鈴薯にソースつけて食べしか

体幹をあらはに冬の木々は立つ恐るるものなどあらぬがに立つ

シラス

五十艘船舫《もや》ふ船溜まり風あらず人あらず鳥影あらず一月

黒潮が大蛇行してシラスらを連れ去りにけり港乾けり

大、中、小編み目異なるシラス網甲板に固く山なして乾く

燃料費と照らして漁の可否決むる吉田の漁協長の夜々

世界最大潮流黒潮大蛇行駿河湾シラス漁憂鬱の冬

おや今日は船が出たのか湾のうち五艘、十艘もどりくるみゆ

水垂れて籠がぞくぞく運ばれく　氷ほどに透くシラスの大籠

角とれた氷のまじるシラス籠死んだふりするシラスもあらん

あふられてなほ突き進む風中のカモメよシラスの群れがみえるか

来るものに皆すこしづつ場所ゆづり間合ひ保てり波止場のカモメ

まつはれるカモメを漁夫は邪魔にせずカモメと共に一輪車ゆく

よく透る声を今朝また思ひ出す一〇〇ねん生きた母さんの声

流木の小枝ひろへば軽きかな母あらぬ世に寄する海波

雲晴れてすぐに青色ふかくなる海をみてをり子なし親なし

波を追ひ波から逃げた幼き日なにがあんなにおもしろかつたか

風やみて松のこずゑで鳴きかはす鴉と鴉の妻はそつくり

閻浮暮れ六つ

教科書のインクのにほひ美味しくてむさぼり読んだ春休みのこと

そぞろ神にそそのかされて野をゆけば花粉の一斉攻撃に遭ふ

せり茹でてはこべ刻んでうど揚げて酒はぬる燗　閻浮《えんぶ》暮れ六つ

ゴム手袋はめて食器を洗ふのはマスクしてキッスしてゐる感じ

猫たちがまだ真剣に観てるので消すに消せない猫の番組

くちびるに薄き口縁やさしくて愛しきたりぬこの伊万里猪口

若き日の夫が買ひきてわが使ふ伊万里白磁の墨色さやか

初夏のかぜ山からながれ鍋島藩藩窯坂《はんえうざか》の風鈴が鳴る

猪口の絵は前田何某の手なりといふ今は独立して窯を持つ

ふるびたる駄菓子屋風のガラス戸の奥にひしめく墨山水《すみさんすい》磁器

わが猪口を見るなり「おお！」と声あげて撫づ「私のだ、遠い昔だ」

にんにく

姑の看取り母の看取りも過去となりノンアルビールのやうなこの夏

口だけ男たちが牛耳るニッポンの〈ギャンブル依存症徹底対策〉

採ればはや苦味の素のモセルデシンすずしくにほふゴーヤよゴーヤ

赤さび病ひろがり百のにんにくの地上の無惨、地下のしぶとさ

にんにくとオリーブの香が家中にひろがりワインを買ひに走れり

garlic《ガーリック》、大蒜《ダースウァン》、마늘《マヌル》、aglio《アーリオ》、ail《アイユ》、ajo《アホ》と世界がにんにくを呼ぶ

こゑ

するすると首相の式辞すべりゆきだれの耳にもひつかからない

戦没者を悼みていづる天皇のこゑのおごそか　猫起きなほる

せんさうを始めたそして終はらせた責を継ぎきて傾ぐその背《せな》

宮柊二年譜の余白　山鳩が鳴いてみちびく山西《さんせい》のそら

宮柊二も浜田知明もわが父も若く苦しみたりし山西

友が行き夫が行きわれはまだ行かず柊二の、そして父の山西

折れ釘のやうなちひさな老いびとが道渡りきり深く礼せり

水門の響きのかたへ葉を閉ぢて朝明けを待つねむの大木

あとがき

『水と光』は『春の音叉』『正しい円』につづく第三歌集です。二〇〇一年から二〇一八年の約千四百首から四三七首を収めました。高野公彦氏が選歌してくださり、タイトルも次の歌から高野氏が選んでくださいました。

冬の川しゆるる、しゆるるとながれをり流れゐるのはみづかひかりか

私の住む島田市には大井川と多くの支流があり、その水は用水路となって蜘蛛の巣状に家々の傍を流れています。同じ町内会でも水路を隔てて〈川向こう〉〈川こっち〉と呼び名があるほどで、毎年四月には市民総出で全市一斉川浚いが行われます。

この島田には二〇〇七年に越してきました。十五年間単身赴任してきた夫が焼津に勤務

しており、猫を飼える貸家が島田にあったからです。

それまでは茨城県竜ヶ崎市に住み、県立高校の教員をしていました。ある日突然辞めるべきだと思え、学年末を待って辞めました。体力がついていかない、役割が終わったなど理由はいくつも挙げられますが、そのどれも本当ではない気もします。仕事上にしばしば心・身の不一致、知・情・意の不一致を感じるようになっていたのは確かです。

転居してすでに十二年が過ぎました。ただに平らな茨城の平野部に生きてきた私には、とても魅力的な地です。南アルプスから町のすぐ背後まで山並みが続き、幅一キロ近い大井川の向こうには全面茶畑の牧之原台地が広がり、川堤を車で少し走れば静かな駿河湾、北東には富士山が見えます。一年中何かの柑橘類が黄色い玉を実らせ、毎日風向きによっていろいろな方向から製茶工場の香りがし、雨が降れば製材所から木の匂いがします。窓の外はすぐ水田で四季の変化が日ごとに見え、鷺も鳶も梟も食卓から観察できます。こちらに越してから私は自由になりどんどん土に戻り、〈ヒト〉に戻っている気がします。

そんな中で、東日本大震災時の連絡不能の体験から、夫の母を呼びよせ介護し見送りました。次いで兄と母も見送りました。

所属する「コスモス」では、賞を二ついただきました。

三十年間学びの場であった同人誌「桟橋」が二〇一四年に終刊しました。「桟橋」では、年四回の十二首、時には大量の歌を作る命令が来ました。たくさん作るときの、からっぽだと思っていた頭から次々と何かが出てくる不思議は楽しいものでした。「アクロスティック96」はその時の九十六首です。牧之原台地の端の佐夜の中山は歌枕です。東の実朝、地元の西行、西の定家、その歌の一字ずつを歌頭に置いて作り、高野氏にめずらしく誉められました。毎回の批評会では厳しい批評を受けることも多々ありましたが、それもこれもうれしいことでした。

「桟橋」終刊の後、二〇一五年の「灯船」創刊に参加し、今も続いています。歌をやめたら友達がいなくなる、という理由で歌を作った時期もありましたが、今は生活の一部になり理由なく歌を作っている気がします。

歌集をまとめる作業中に驚いたのは、いわゆる社会詠が多いことでした。自分ではのんびり田舎暮らしをしていると思ったのに、後半ではしばしばカリカリと怒っていました。そういうものはかなり捨てましたが、それでも残りました。震災復興も原発問題も基地問題も近隣外交も雇用問題も、何も本当の解決に向かっていると思えないことが、そして三権分立が崩壊してしまったような状況なのが悔しいです。カリカリせずに深く詠む、そういう社会詠が私の今後の課題だと思います。

きわめてご多忙な中で選歌とアドバイスをくださった高野公彦様、いつも刺激や励ましをくださる「コスモス」の皆様、友人たち、ありがとうございました

出版に当たって丁寧なお仕事を、六花書林の宇田川寛之様に感謝いたします。

二〇一九年（平成三十一）三月

小田部雅子

略歴

小田部雅子（おたべ　まさこ）

1952年　茨城県内原町（現水戸市）生まれ。

1982年　「コスモス」入会。
1985年　コスモス内同人誌「棧橋」創刊同人。
1992年　歌集『春の音叉』上梓。
2001年　歌集『正しい円』上梓。
2015年　コスモス内同人誌「灯船」創刊同人。

現住所　〒427-0019　静岡県島田市道悦５－25－43

水 と 光

コスモス叢書第1153篇

2019年5月15日 初版発行

著　者──小田部雅子

発行者──宇田川寛之

発行所──六花書林
〒170-0005
東京都豊島区南大塚3-24-10-1A
電 話 03-5949-6307
FAX 03-6912-7595

発売──開発社
〒103-0023
東京都中央区日本橋本町1-4-9　ミヤギ日本橋ビル8階
電 話 03-5205-0211
FAX 03-5205-2516

印刷──相良整版印刷

製本──仲佐製本

定価はカバーに表示してあります
ISBN978-4-907891-82-4 C0092